Nicholas James
Im Kreis der Stille

PHILOSOPHISCHE FIKTION

Nicholas James, geboren am 19. November 1993, ist ein deutsch-amerikanischer Autor und Religionsphilosoph. Mit einem tiefen Interesse an Glaubensfragen und spiritueller Reflexion bringt er in seinen Werken philosophische und existenzielle Themen zusammen. Seine Leidenschaft für die innere Reise des Menschen spiegelt sich in seinen Erzählungen wider, die oft universelle, metaphysische Fragen berühren. Nicholas lebt in der Oberpfalz, Bayern, und widmet sich neben dem Schreiben seinen Hobbys wie dem Wandern und dem Nachdenken über die menschliche Existenz und ihre Beziehung zur Umwelt.

VORWORT

Die Geschichte, die vor Ihnen liegt, führt in eine Welt der Stille, des Seins und der inneren Erkenntnis. Sie erzählt nicht von großen Abenteuern oder fernen Welten, sondern von einer Reise, die nach innen führt – dorthin, wo die größten Geheimnisse und Antworten verborgen liegen. *Im Kreis der Stille* ist eine Erzählung über das, was uns alle umgibt und doch oft unbemerkt bleibt: die Stille, in der sich die Wahrheit offenbart. Diese Geschichte lädt Sie ein, für einen Moment innezuhalten, loszulassen und die Tiefen des eigenen Seins zu erkunden. Die äußere Welt mag begrenzt sein, doch die innere ist unendlich.

Viel Freude beim Lesen! Vielleicht finden Sie in diesen Zeilen etwas, das Sie inspiriert oder zum Nachdenken anregt.

Bibliografische Information der Deutschen Nationalbibliothek: Die Deutsche Nationalbibliothek verzeichnet diese Publikation in der Deutschen Nationalbibliografie; detaillierte bibliografische Daten sind im Internet über http://dnb.dnb.de abrufbar.

Verlag: BoD · Books on Demand GmbH, In de Tarpen 42, 22848 Norderstedt

Druck: Libri Plureos GmbH, Friedensallee 273, 22763 Hamburg

ISBN: 978-3-7597-9220-4

INHALTSVERZEICHNIS

Im Kreis der Stille

Eine Erzählung über Stille, Sein und Wandel

von

NICHOLAS JAMES

Kapitel 1: Die stille Präsenz

Es war da, als er das erste Mal wirklich hinsah — eine Stille, die nicht nur den Raum durchzog, sondern die Welt, wie er sie kannte. Kein Geräusch, keine Bewegung, nichts, das seine Aufmerksamkeit erregte, und doch war es immer da, wie ein ferner Gedanke, der nie ganz zu einem klaren Bild wurde.

Vor ihm lag ein Stein — fest, unbewegt, unbeeindruckt von den flüchtigen Dingen, die sein Leben ausmachten. Er war mehr als nur ein Gegenstand. Der Stein schien ihn nicht zu sehen, und doch fühlte er sich beobachtet, als wären all seine Gedanken, Unsicherheiten und Ängste auf unerklärliche Weise in diesem stillen Objekt verborgen, das nichts von ihm zu erwarten schien.

Oft bewegte er sich um den Stein, ohne zu verstehen, warum. Vielleicht suchte er nach

Antworten, nach einem Zeichen. Doch da war nichts, nur Stille. Ein Zustand, der ihm fremd war, den er aber unbewusst suchte.

Seine Umgebung war ruhig, fast unwirklich, als ob alles in einem ewigen Zustand des Daseins verharrte. Jede Bewegung fühlte sich gedämpft an, als wäre sie nicht wirklich Teil der Welt, in der er lebte. Doch nichts veränderte sich, als wäre dieser Stein der Mittelpunkt seiner Existenz – ein stilles, unbeirrbares Zentrum inmitten all seiner Unruhe.

„Ist das alles?", fragte er sich, ohne zu wissen, an wen die Frage gerichtet war. Er hatte niemanden, dem er sie hätte stellen können, und doch spürte er, dass er eine Antwort suchte. In dem Stein, der ihn scheinbar ignorierte, vermutete er eine Wahrheit, die er selbst noch nicht verstand.

Was bedeutete es, so zu sein wie er? So völlig in sich selbst ruhend, ohne das Bedürfnis nach Veränderung oder Bewegung?

Mit jedem Tag zog ihn diese Frage tiefer in sich selbst hinein. Die anderen Wesen, die ihn umgaben, schienen nichts davon zu bemerken. Sie kamen und gingen, lebten ihre kleinen Leben, unbeeindruckt von der stummen Präsenz, die alles in Frage stellte, was er zu wissen glaubte. Es war, als könnte nur er allein diese Verbindung spüren – eine unsichtbare Brücke, die ihn mit etwas verband, das er weder begreifen noch benennen konnte.

Wenn das Licht auf den Stein fiel und sich auf seiner Oberfläche brach, fühlte er einen seltsamen Frieden. In diesen Momenten schien die Zeit stillzustehen, als wäre alles, was ihn umgab, nur eine Illusion – ein Schleier, der ihn von einer größeren Wahrheit trennte.

Fast schien es, als würde der Stein ihn auffordern, tiefer zu blicken, über das Offensichtliche hinaus.

„Was verbirgt sich hinter deiner Stille?" Diese Frage formte sich in ihm wie ein stilles Gebet, ein ungesprochenes Verlangen nach Erkenntnis. Doch der Stein blieb stumm. Unverändert lag er da, seit dem Moment, an dem er ihn zum ersten Mal bewusst wahrgenommen hatte.

Je länger er sich mit ihm beschäftigte, desto mehr begann er, etwas in sich selbst zu spüren. Es war, als hätte der Stein ihm etwas von seiner Ruhe geschenkt. Seine Gedanken wurden langsamer, klarer. Er begann, Dinge zu hinterfragen, die er zuvor nie in Frage gestellt hatte. Was bedeutete es, zu existieren? Was lag jenseits dessen, was er sehen und berühren konnte?

Die anderen Wesen schienen mit ihren schnellen Bewegungen und unruhigen Gedanken gefangen in einem ständigen Streben nach etwas, das er nicht verstand. Doch er fühlte sich immer mehr zu dieser Stille hingezogen, zu diesem Ort der Ruhe, der sich in seiner Seele ausbreitete. Es war eine Sehnsucht nach etwas, das nicht benannt werden konnte – ein Ruf, der leise, aber beständig in ihm wuchs.

Der Stein war nicht nur ein Stein. Er wurde zu einem leuchtenden Anker in der Dunkelheit seiner Gedanken. Wohin diese Reise ihn führen würde, wusste er nicht, aber er schien bereit, den nächsten Schritt zu tun.

~~~~~~~~~~~~~~~~◇~~~~~~~~~~~~~~~
~~~~~~~~~~~~~~~~

KAPITEL 2: IM FLUSS DES SEINS

Der Stein war zu einem fixen Punkt in seiner Welt geworden, ein stiller Begleiter in einer Realität, die sich in ständigen, wenn auch subtilen Veränderungen befand. Doch während alles um ihn herum in Bewegung zu sein schien, blieb der Stein unverändert – ruhig, fest und unbeirrbar. Diese Beständigkeit faszinierte das Wesen, ebenso sehr, wie sie ihn verunsicherte.

Seine Tage schienen ineinanderzufließen, jedes Ereignis kaum von dem nächsten zu unterscheiden. Die Welt, in der er lebte, folgte einer Ordnung, die er nie wirklich hinterfragte. Doch der Stein, dieser stumme Wächter, ließ ihn anders fühlen. In seiner Gegenwart erkannte er, dass er nicht wie die anderen Wesen war, die ziellos durch das Leben trieben, ohne sich über den tieferen Sinn ihres Daseins Gedanken zu machen.

Manchmal beobachtete er die anderen, wie sie durch den Raum zogen, angetrieben von einem unbestimmten Drang, etwas zu erreichen, das er nicht verstand. Sie waren wie Schatten, flüchtige Eindrücke, die seine eigene Stille nur noch intensiver erscheinen ließen. Ihre Bewegungen wirkten unruhig, fast getrieben, während er sich der Ruhe des Steins immer mehr annäherte.

Es war seltsam, dass er sich nicht mehr mit ihren Bewegungen identifizieren konnte. Es war, als hätte er durch den Stein einen Anker gefunden, einen Ort, der ihm erlaubte, in einer chaotischen Welt zur Ruhe zu kommen. Doch es gab auch Zeiten, in denen er sich fragte, ob diese Ruhe wirklich alles war. War es nicht die Natur der Dinge, sich zu verändern? Sollte er nicht auch versuchen, etwas zu suchen, etwas zu bewegen?

Doch jedes Mal, wenn er in die Nähe des Steins kam, wurde dieser Drang, die Welt zu hinterfragen, leiser. Es war, als ob der Stein ihm zuflüsterte, dass es keinen Grund gab, die Unruhe der anderen in sich zu tragen – dass in der Beständigkeit eine eigene Schönheit lag, eine tiefere Wahrheit in der Stille. Doch war das die Wahrheit, die er suchte?

Das Wesen verbrachte Stunden damit, den Stein zu betrachten, seine glatte Oberfläche, die sich nicht veränderte, egal, was um ihn herum geschah. In der Nähe des Steins schien die Zeit anders zu vergehen – langsamer, bedeutungsvoller. Es war, als ob er in der Gegenwart des Steins eine andere Art von Dasein erfuhr, eine, die jenseits des ständigen Strebens lag, das er in den anderen Wesen sah.

„*Vielleicht*", dachte er, „*ist dies der wahre Sinn des Lebens – nicht das ewige Streben nach dem, was außerhalb liegt, sondern die Erkenntnis, dass alles, was wir brauchen, bereits hier ist, in diesem Augenblick.*" Aber dann kehrten die Zweifel zurück. Was, wenn diese Ruhe nur eine Illusion war, eine Falle, die ihn davon abhielt, nach etwas Größerem zu streben? War der Stein wirklich die Antwort, oder nur ein bequemes Ziel, um die wahren Fragen zu vermeiden?

Diese Gedanken kreisten oft in ihm, doch sie lösten sich immer wieder auf, sobald er in die Nähe des Steins kam. Es war, als ob die Gegenwart des Steins jede Unruhe auslöschte, jeden Zweifel verschluckte. Doch war das wirklich Befreiung oder nur eine andere Form der Begrenzung?

Während er in seiner stillen Meditation versank, spürte er, dass er an einem Scheideweg stand. Der Stein hatte ihm eine neue Art des Seins offenbart, aber gleichzeitig fühlte er, dass es noch mehr geben musste. Die anderen Wesen, die an ihm vorbeizogen, schienen etwas zu suchen, das er nicht verstand, aber das dennoch eine Bedeutung in sich trug.

War es möglich, dass es einen Mittelweg gab? Eine Balance zwischen der unerschütterlichen Ruhe des Steins und dem Streben nach etwas Unbekanntem? Diese Frage ließ ihn nicht los, doch die Antwort schien immer außerhalb seiner Reichweite zu liegen – wie ein ferner Ruf, der nur in der Stille wirklich gehört werden konnte. Doch je mehr er darüber nachdachte, desto klarer wurde ihm, dass die Stille selbst Teil der Antwort sein könnte. Vielleicht lag die Wahrheit nicht im Streben, sondern im Loslassen des Verlangens nach Antworten.

Kapitel 3: Stimmen des Raumes

Es gab Tage, an denen die Welt um ihn herum von Stimmen erfüllt war. Sie kamen und gingen, manche laut, andere kaum mehr als ein Flüstern. Diese Stimmen gehörten den anderen Wesen, die in seiner Umgebung lebten – Wesen, die ihn streiften, ohne wirklich bei ihm zu verweilen. Sie waren flüchtige Schatten, die den Raum durchzogen, nur um bald wieder zu verschwinden.

Er nahm sie wahr, diese anderen, doch sie berührten ihn nicht. Sie schienen so beschäftigt mit ihren eigenen Wegen, so gefangen im ständigen Fluss ihrer Bewegungen, dass sie den Stein nicht einmal bemerkten. Er konnte nicht verstehen, warum sie so blind waren für die Ruhe, die der Stein bot. Waren sie nicht müde vom ständigen

Streben nach einem Ziel, das sie nie erreichen würden?

„Was suchen sie?" fragte er sich, während er eine dieser Gestalten beobachtete, die sich schnell und hektisch bewegte, als wäre sie auf der Flucht vor etwas Unsichtbarem. *„Warum finden sie keine Ruhe?"* Aber vielleicht lag die Antwort nicht in den anderen, sondern in ihm selbst. Vielleicht war er derjenige, der nicht verstand.

Einmal hielt eine Gestalt für einen Moment inne, nahe dem Stein, so als hätte sie etwas gespürt. Für einen winzigen Augenblick trafen sich ihre Blicke, doch dann verschwand die Gestalt wieder in der Unruhe der Welt. Es schien, als hätte dieser flüchtige Moment nicht stattgefunden. Der Stein blieb allein – wie immer – und die vertraute Stille kehrte zurück.

Aber dieser Moment ließ ihn nachdenklich zurück. Konnte es sein, dass auch die anderen den Stein sahen, aber ihre eigene Art der Stille fanden? Vielleicht bedeutete Ruhe nicht für jeden dasselbe. Vielleicht suchten sie in ihrer Bewegung genau das, was er in der Stille fand. Es war eine beunruhigende Idee, denn sie stellte seine bisherige Wahrnehmung infrage. Konnte es sein, dass es keine universelle Wahrheit gab, keinen Weg, der für alle gleich war?

Immer wieder beobachtete er die anderen, die kamen und gingen. Sie schienen kaum Notiz von ihm zu nehmen, und er fragte sich, ob sie ihn ebenso als unsichtbar empfanden wie er sie. Ihre Leben wirkten so kurz, so flüchtig, wie Wellen, die einmal hochschlagen und dann für immer verschwinden. Doch selbst wenn sie kamen und gingen, hinterließen sie eine

Spur – wie ein leiser Abdruck in der Welt, die er nie ganz verstand.

„Vielleicht ist der Stein nur für mich da, und für niemanden sonst", dachte er und blickte der letzten Gestalt nach, die bereits verschwunden war.

Aber was bedeutete das? Lag seine Verbindung zu dem Stein in etwas Einzigartigem? Oder lag es nur in seiner Art, mit der Welt umzugehen, in der er lebte? Die Stimmen des Raumes verblassten allmählich, als die letzten anderen verschwanden und ihn wieder allein zurückließen. Doch ihre Anwesenheit hallte in seinen Gedanken nach. Es war eine Unruhe, die er nicht ganz abschütteln konnte. Konnte es sein, dass er etwas verpasste? Dass es eine Wahrheit gab, die jenseits dessen lag, was der Stein ihm bot?

Er schloss seine Augen und versuchte, den Raum um sich herum zu fühlen. Es schien, als ob der Stein ihn rief, leise, beständig, wie ein Herzschlag. Die anderen mochten in der Welt draußen ihr Glück suchen, doch für ihn gab es nur diesen Punkt der Stille, diesen unbeweglichen Felsen, der ihm mehr Trost bot als jede flüchtige Bewegung.

Aber was, wenn er sich irrte? Was, wenn es noch mehr zu entdecken gab, jenseits der Stille? Die Frage kroch in sein Bewusstsein wie ein Fremder, der ungebeten an die Tür klopfte. Noch einmal wandte er sich dem Stein zu, suchte Antworten, doch wie immer fand er nur Stille.

„Vielleicht ist das alles, was ich brauche", dachte er, *„vielleicht ist es genug."* Aber ein Teil von ihm wusste, dass dies nur der Anfang war – dass es noch so viel gab, was er nicht verstand, und

dass der Weg zu dieser Erkenntnis noch lange nicht vorbei war.

~~~~~~~~~~~~~◇~~~~~~~~~~~~~
~~~~~~~~~~~~~

KAPITEL 4: DIE UNBEGREIFLICHE STILLE

Die Stille, die der Stein ausstrahlte, war allgegenwärtig. Sie war keine bloße Abwesenheit von Geräuschen, sondern eine tiefere, schwer zu beschreibende Qualität, die den gesamten Raum erfüllte. Er konnte sie nicht greifen, nicht in Worte fassen, und doch spürte er sie in jeder Faser seines Seins.

Oft stand er einfach da, den Blick auf den Stein gerichtet, und versuchte, diese Stille zu verstehen. Was war es an dieser Unbeweglichkeit, das ihn so sehr anzog? Es war nicht nur der Mangel an Bewegung, sondern eine Form von Präsenz, die sich ihm immer wieder entzog. Er wusste, dass der Stein keine Antworten bereithielt, und doch erwartete er sie. Es war, als hätte die Stille selbst eine Stimme, die nur durch ihre Abwesenheit sprach.

„Kann man Stille verstehen?" fragte er sich oft. Vielleicht war es eine Frage, die niemand je beantworten konnte. Vielleicht war die Stille nicht dazu gedacht, verstanden, sondern gefühlt zu werden. Doch wie konnte man etwas fühlen, das so schwer greifbar war? Es war, als versuchte er, Schatten zu fangen, die immer wieder vor ihm wegglitten.

Er erinnerte sich an die Bewegungen der anderen Wesen, die oft wie ein Echo in seinem Gedächtnis nachhallten. Ihre hektische Energie war das völlige Gegenteil dessen, was der Stein ausstrahlte. Es war, als wäre die Welt auf der einen Seite von ständiger Unruhe erfüllt und auf der anderen Seite von einer Ruhe, die so tief war, dass sie ihn in sich verschlingen könnte.

Manchmal fragte er sich, ob der Stein mehr war als nur ein Objekt. War er vielleicht ein Tor zu etwas Größerem? Eine Verbindung zu einer Wahrheit, die sich hinter dem, was er sehen konnte, verbarg? Der Gedanke ließ ihn nicht los. Immer wenn er in die Nähe des Steins kam, schien die Welt für einen Augenblick stillzustehen. Es war, als könnte er die Zeit selbst anhalten, wenn er sich nur lange genug auf diese Stille einließ.

Doch je mehr er sich bemühte, die Stille zu durchdringen, desto mehr entglitt sie ihm. Es war, als ob die Antworten, die er suchte, nicht in der Stille selbst lagen, sondern in seiner Fähigkeit, die Stille zu akzeptieren. Vielleicht, so dachte er, ging es nicht darum, die Stille zu verstehen, sondern sie zu erfahren, ohne zu hinterfragen. Dieser Gedanke brachte ihm sowohl Trost als auch Verwirrung.

Der Stein blieb, wie immer, unbewegt. Er sah gleich aus wie am ersten Tag, an dem er ihn wahrgenommen hatte. Doch er spürte, dass sich etwas in ihm verändert hatte. Die Fragen, die er einst gestellt hatte, schienen nicht mehr so dringend. Es war, als hätte die Stille einen Teil von ihm aufgenommen und ihn in eine Ruhe gehüllt, die jenseits von Worten lag.

„*Vielleicht ist es das*", dachte er. „*Vielleicht ist die Stille die Antwort.*" Doch auch dieser Gedanke fühlte sich unvollständig an, als ob noch etwas fehlte. Der Stein gab keine Antworten. Er lag einfach da, in seiner unbegreiflichen Stille, und forderte ihn heraus, weiter zu suchen, weiter zu fragen, und doch gleichzeitig die Suche aufzugeben.

Es war eine seltsame Paradoxie, die ihn umgab: das Verlangen nach Antworten und die Erkenntnis, dass die Antworten vielleicht nicht existierten. Oder, wenn sie existierten, dann nur in der völligen Akzeptanz dessen, was nicht verstanden werden konnte. Die Stille des Steins war mehr als nur eine Abwesenheit von Klang. Sie war ein Ruf, der ihn dazu drängte, in sich selbst zu blicken und die Unruhe seiner eigenen Gedanken zu erkennen.

Und so saß er da, stumm und in Gedanken versunken, während die Stille des Steins weiter um ihn floss, wie ein unsichtbarer Strom, der ihn immer tiefer in sich selbst zog.

~~~~~~~~~~~~~~~~◇~~~~~~~~~~~~~~
~~~~~~~~~~~~~~~~

Kapitel 5: Bewegungen des Lichts

Es waren die Lichtstrahlen, die zuerst seine Aufmerksamkeit auf sich zogen. Sie fielen in regelmäßigen Abständen in den Raum, als ob sie nach etwas suchten. Manchmal trafen sie auf die glatte Oberfläche des Steins und brachen sich in unerwarteten Mustern, die für einen Moment eine neue Form von Schönheit freigaben. In diesen Augenblicken schien die Stille des Steins zu leuchten, als ob das Licht etwas Geheimnisvolles offenbaren wollte, das bisher im Verborgenen lag.

Stundenlang konnte er das Spiel des Lichts beobachten, das sanft über den Stein strich und immer neue Facetten ans Licht brachte. Es war eine endlose Bewegung, die ihn auf eine seltsame Weise beruhigte, aber auch eine tiefe Sehnsucht in ihm weckte – eine Sehnsucht nach dem, was jenseits dieser ruhigen Welt lag.

War es möglich, dass das Licht eine Botschaft in sich trug? Oder war es nur ein Teil der Umgebung, ohne tiefere Bedeutung?

In den Momenten, in denen das Licht sich veränderte, verspürte er ein merkwürdiges Gefühl von Wandel. Es schien, als ob der Stein, der immer gleichgeblieben war, plötzlich eine neue Seite zeigte, eine Seite, die er bisher übersehen hatte. Doch so schnell, wie sich das Licht veränderte, kehrte auch die gewohnte Stille zurück, und der Stein wurde wieder zu dem unveränderlichen Punkt in seiner Welt.

„Was bedeutet das?“, fragte er sich, während er die Schatten beobachtete, die vom Stein ausgingen. Waren sie nur das Ergebnis des Lichts, oder verbargen sie etwas Tieferes? Es war, als ob der Stein ihm eine neue Art des Sehens eröffnete – nicht nur das, was offensichtlich war, sondern auch das, was im

Verborgenen lag. Doch immer, wenn er versuchte, diese Bedeutung zu erfassen, entglitt sie ihm wie das Licht, das über den Stein wanderte.

Die Bewegungen des Lichts faszinierten ihn. Sie waren beständig in ihrer Veränderung, doch der Stein blieb unverändert. War das Licht der Versuch, dem Stein Leben einzuhauchen, oder war es nur ein Spiel der Illusionen? Diese Frage ließ ihn nicht los, während er die Muster verfolgte, die sich wie Schatten über die Oberfläche des Steins legten.

Vielleicht, so dachte er, war es nicht der Stein, der sich veränderte, sondern er selbst. Vielleicht war es das Licht, das ihm zeigte, wie sehr sich seine eigene Wahrnehmung wandelte. Was er gestern gesehen hatte, war heute nicht mehr dasselbe. Die Muster im Licht, die einst bedeutungslos waren, begannen ihn immer stärker zu beschäftigen. Es war, als ob sie ihm eine neue Wahrheit offenbarten. Die Bewegungen des Lichts waren unvorhersehbar. Manchmal schien es, als ob sie ihn direkt ansprachen, als wollten sie ihm etwas sagen. Doch egal, wie aufmerksam er auch hinsah, das Licht gab keine endgültige Antwort. Es kam und ging, wie die Zeit selbst, unaufhaltsam und immer weiter, während der Stein in seiner ewigen Stille verharrte.

Er begann, das Licht als einen Teil seiner eigenen inneren Reise zu sehen. Es erinnerte ihn daran, dass nichts in dieser Welt jemals wirklich feststand, dass selbst die scheinbar unveränderlichsten Dinge einem ständigen Wandel unterworfen waren. Und doch, trotz dieser Veränderungen, blieb der Stein für ihn ein Anker, ein Punkt der Beständigkeit, den das Licht nicht zu verändern vermochte.

Aber war das wirklich die ganze Wahrheit? Je mehr er darüber nachdachte, desto mehr begann er zu zweifeln. War es möglich, dass der Stein sich doch veränderte, nur auf eine Weise, die er nicht wahrnehmen konnte? Vielleicht war die Stille des Steins nur eine Illusion, und in Wirklichkeit bewegte sich alles, auch wenn es ihm unmerklich erschien.

Er beobachtete das Licht weiter, immer auf der Suche nach einem neuen Muster, einer neuen Offenbarung. Doch am Ende blieb nur die Stille. Das Licht verging, die Schatten wurden länger und der Stein kehrte zu seiner gewohnten Form zurück – fest, unbeweglich und in seiner unbegreiflichen Ruhe gefangen. Es war, als ob die ganze Welt einen Atemzug anhielt, bevor sie in ihre gewohnte Stille zurückfiel. Alles blieb, wie es war, und doch schien etwas im Raum zu schweben, unausgesprochen und unerkannt.

~~~~~~~~~~~~~~✧~~~~~~~~~~~~~
~~~~~~~~~~~~~~

KAPITEL 6: DAS FLÜCHTIGE LEBEN

Die Tage schienen sich zu verändern, doch es war schwer zu sagen, wie genau. Es war, als ob die Welt um ihn herum in einem ständigen Fluss stand – ein unsichtbarer Strom, der alles mit sich riss, was ihm einst vertraut gewesen war. Doch der Stein blieb, wie immer, an seinem Platz – still, unbewegt, immun gegen die Vergänglichkeit, die die Welt durchzog.

Er begann, mehr auf die Dinge um sich herum zu achten. Manchmal erschienen sie für kurze Momente in seiner Wahrnehmung, nur um ebenso schnell wieder zu verschwinden. Es war, als ob die Welt selbst aus vergänglichen Eindrücken bestand – flüchtigen Momenten, die ihm nur kurz einen Blick auf das Leben gewährten, bevor sie im Strom der Zeit verblassten.

Diese Vergänglichkeit wirkte seltsam beruhigend und zugleich beunruhigend. Beruhigend, weil sie ihm zeigte, dass nichts von Dauer war, dass die Unruhe und das Streben der anderen nur vorübergehende Erscheinungen darstellten. Doch zugleich empfand er es als beunruhigend, weil er spürte, dass auch er selbst Teil dieses flüchtigen Spiels war – ein Moment im endlosen Fluss der Zeit, der ebenso leicht vergehen konnte wie alles andere.

Er erinnerte sich an die Gestalten, die er gesehen hatte, wie sie durch den Raum zogen, nur um irgendwann zu verschwinden. Ihre Leben schienen so kurz, so bedeutungslos im Vergleich zur stillen Präsenz des Steins. Aber entsprach das wirklich der Wahrheit? Konnte er wirklich behaupten, dass ihre flüchtige

Existenz weniger wert war, nur weil sie nicht dieselbe Stille suchten wie er?

Vielleicht lag in dieser Vergänglichkeit eine tiefere Wahrheit. Vielleicht war es gerade das flüchtige Leben, das dem Dasein seinen Sinn verlieh. Ohne die ständige Veränderung, ohne das Kommen und Gehen, wäre die Welt statisch, leblos. Der Stein, so unbewegt er auch war, erinnerte ihn daran, dass er inmitten einer Welt lebte, die sich ständig veränderte, auch wenn er es manchmal nicht sehen konnte.

Die flüchtigen Momente, die er erlebte, hinterließen Spuren in ihm, auch wenn sie nur von kurzer Dauer blieben. Manchmal traf ein Lichtstrahl für einen Moment die Oberfläche des Steins und weckte eine neue Erkenntnis in ihm. Manchmal war es die Anwesenheit eines anderen Wesens, das seine eigene Ruhe unterbrach und ihm zeigte, dass es noch mehr in dieser Welt gab, als er bisher wahrgenommen hatte.

Doch so schnell, wie diese Momente kamen, verschwanden sie auch wieder. Und jedes Mal blieb nur der Stein zurück – beständig, unverändert, ein stummer Zeuge des flüchtigen Lebens, das um ihn herumwirbelte. Es war, als ob der Stein all diese flüchtigen Eindrücke aufsog und sie in sich bewahrte, ohne selbst von ihnen berührt zu werden.

„Ist das Leben nur ein flüchtiger Augenblick?" fragte er sich oft. *„Oder gibt es etwas, das über die Vergänglichkeit hinausgeht?"* Der Stein schien die Antwort zu kennen, doch wie immer blieb er stumm. Die flüchtigen Eindrücke vergingen, und die Stille kehrte zurück. Doch diese Frage ließ ihn nicht los. Konnte es sein, dass die flüchtigen Momente, die ihn umgaben, eine tiefere Bedeutung hatten, die er noch nicht

verstand? Vielleicht war es nicht die Beständigkeit, die er suchte, sondern die Fähigkeit, im Moment zu leben, im Hier und Jetzt, ohne an der Illusion der Ewigkeit festzuhalten.

Und so beobachtete er weiter, wie die Welt sich veränderte, wie die flüchtigen Gestalten kamen und gingen, ohne dass er sie festhalten konnte. Es war eine Lektion in der Vergänglichkeit, eine Lektion, die der Stein ihm durch sein bloßes Dasein vermittelte. Denn so still der Stein auch blieb, er war doch Teil derselben Welt – einer Welt, die sich in einem ständigen Wandel befand, auch wenn es nicht auf den ersten Blick sichtbar erschien.

~~~~~~~~~~~~~~~~~◇~~~~~~~~~~~~~~
~~~~~~~~~~~~~~~~~

Kapitel 7: Die unsichtbare Mauer

Es war eine Grenze, die er nicht benennen konnte, aber er spürte sie immer deutlicher. Unsichtbar und doch so real, verfolgte sie ihn manchmal wie ein Echo in seinen Gedanken. Er konnte sie nicht sehen, aber er wusste, dass sie existierte – eine Mauer, die ihn umgab, ihn einsperrte, ohne dass er genau sagen konnte, was sie war oder warum sie da war.

In der Nähe des Steins spürte er sie besonders stark. Es war, als ob der Stein selbst diese Grenze definierte, ein stummer Wächter über der Welt, die sich um ihn herum erstreckte. Und doch war der Stein nicht der Ursprung dieser Mauer. Die Mauer war etwas anderes – eine Grenze, die seine Wahrnehmung beschränkte, ohne dass er sie je wirklich durchbrechen konnte.

Manchmal fragte er sich, ob es nur seine eigene Vorstellungskraft war, die diese Mauer erschuf. War es möglich, dass er selbst die Ursache dieser Begrenzung darstellte? Dass er es war, der sich nicht erlaubte, weiter zu sehen, weiter zu fühlen? Aber wenn das so erschien, warum fühlte sich diese Grenze so real an? Sie schien mehr als nur eine gedankliche Konstruktion – tief in ihm selbst verwurzelt.

Die Welt jenseits dieser Grenze war ihm fremd. Er konnte sie nicht erahnen, aber er spürte, dass sie existierte. Es war, als ob die Welt, die er kannte, nur ein winziger Teil von etwas Größerem war, etwas, das sich seinem Verständnis entzog. Und doch war da immer diese Mauer – unsichtbar, unüberwindbar, eine ständige Erinnerung daran, dass er nicht frei war.

Der Stein, wie immer, lag stumm und unbewegt da. Aber diesmal schien er anders. Er wirkte wie ein Symbol dieser Grenze, als ob er selbst Teil dieser unsichtbaren Mauer war, die ihn einsperrte. War der Stein der Schlüssel, um diese Grenze zu durchbrechen, oder war er nur eine weitere Illusion, eine weitere Barriere, die ihn daran hinderte, weiterzusehen?

Die Frage ließ ihn nicht los. Je länger er darüber nachdachte, desto mehr spürte er, wie tief diese Mauer in seinem Bewusstsein verankert war. Es schien, als ob sie ein Teil von ihm war und etwas, das ihn von der Welt trennte, die jenseits seines Verstehens lag. Und doch wusste er, dass er nicht allein war. Die anderen Wesen, die durch seine Welt zogen, schienen ebenfalls von dieser unsichtbaren Grenze beeinflusst, auch wenn sie es vielleicht nicht wahrnahmen.

Es war eine seltsame Paradoxie: Die Mauer war unsichtbar, und doch war sie das Einzige, das wirklich existierte. Alles andere – die Bewegungen, das Licht, die flüchtigen Gestalten – schien vergänglich im Vergleich zu dieser stillen, unüberwindbaren Barriere. Aber was war sie wirklich? Eine Grenze der Welt oder eine Grenze seines eigenen Geistes?

In den Momenten, in denen er die Stille des Steins spürte, schien die Mauer für einen Augenblick zu verschwinden. Es war, als ob die Stille ihm erlaubte, über diese Grenze hinauszusehen, auch wenn es nur ein flüchtiger Blick war. Doch sobald er versuchte, diesen Blick festzuhalten, war die Mauer wieder da, stärker als je zuvor.

Oft fragte er sich, was jenseits dieser Mauer lag. War es eine andere Welt, eine andere Form der Existenz? Oder war es einfach nur die

Fortsetzung dessen, was er bereits kannte? Die Antworten, die er suchte, blieben ihm verborgen, und doch wusste er, dass er weitersuchen musste. Die Mauer war da, und sie war real, aber vielleicht, nur vielleicht, gab es einen Weg, sie zu durchbrechen.

Er schloss die Augen und konzentrierte sich auf den Stein. Die Stille umhüllte ihn, und für einen Moment schien die Mauer zu verschwinden. Es war nur ein Augenblick, ein flüchtiger Eindruck, aber es war genug, um ihm zu zeigen, dass es möglich schien. Vielleicht war die Mauer nicht so unüberwindbar, wie er geglaubt hatte. Vielleicht war sie nur eine Illusion, eine Grenze, die er sich selbst gesetzt hatte.

Doch als er die Augen wieder öffnete, war die Mauer wieder da, und die Stille des Steins war nicht mehr genug, um sie zu durchdringen.

Er seufzte leise, aber tief in seinem Inneren wusste er, dass er auf dem richtigen Weg war. Die Mauer mochte real erscheinen, aber sie konnte nicht für immer bestehen. Irgendwann würde er den Weg finden, sie zu durchbrechen – und wenn das geschah, würde er die Wahrheit erkennen, die jenseits dieser Grenze lag.

~~~~~~~~~~~~~~~~◇~~~~~~~~~~~~~~
~~~~~~~~~~~~~~~~

Kapitel 8: Der innere Ruf

Es blieb nicht länger nur eine Frage, die ihn beschäftigte. Es war mehr als ein bloßer Gedanke oder ein flüchtiger Zweifel. In der Stille, die ihn umgab, hörte er einen Ruf – einen leisen, aber beständigen Klang, der tief in ihm widerhallte. Ein Ruf, der nicht von außen kam, sondern aus seinem Inneren. Und je mehr er ihm lauschte, desto stärker wurde er.

Der Stein, wie immer, blieb stumm. Doch diese Stille wirkte nun anders. Sie schien nicht mehr die gleiche beruhigende Kraft zu haben wie zuvor. Stattdessen fühlte er, dass sie etwas zurückhielt – eine Antwort, die er nur erlangen konnte, wenn er diesem Ruf in sich folgte. Es war, als ob etwas in ihm erwachte, etwas, das schon immer da gewesen war, aber erst jetzt begann, sich zu regen.

„Was willst du mir sagen?“ fragte er sich, ohne zu wissen, ob die Frage an den Stein, an sich selbst oder an die Welt gerichtet war. Der Ruf in ihm wurde lauter, doch er konnte nicht genau sagen, was er bedeutete. Es war, als ob eine Tür in seinem Inneren aufgestoßen wurde, doch das, was dahinter lag, blieb im Schatten.

Es war schwer, den inneren Drang zu ignorieren. Immer wieder kehrte er in die Nähe des Steins zurück, als ob er dort eine Antwort finden könnte. Doch je mehr er suchte, desto mehr verstand er, dass die Antwort nicht im Stein lag. Sie lag in ihm selbst – tief verborgen, unter Schichten von Gedanken und Stille.

„Ist das der Weg zur Wahrheit?“ fragte er sich. *„Ist das der Weg, um die Mauer zu durchbrechen?“* Doch der Stein blieb, wie immer,

unbewegt, und die Welt um ihn herum blieb dieselbe. Die Gestalten, die ihn umgaben, zogen an ihm vorbei, ohne dass sie den gleichen inneren Drang verspürten. Sie waren gefangen in ihrer eigenen Welt, einer Welt, die er immer weniger verstand.

Der innere Ruf wurde zu einem ständigen Begleiter. Es war, als ob etwas in ihm wuchs – eine Sehnsucht, die er nicht länger ignorieren konnte. Er hatte das Gefühl, dass er auf etwas zusteuerte, das jenseits dessen lag, was er bisher gekannt hatte. Es schien, als ob die Mauer, die ihn umgab, begonnen hatte, Risse zu bilden. Und durch diese Risse spürte er die Gegenwart von etwas Größerem – etwas, das er noch nicht vollständig begreifen konnte.

„Vielleicht ist das der Weg", dachte er. *„Vielleicht muss ich diesem Ruf in mir folgen, um die Wahrheit zu finden."* Doch wohin führte dieser Weg?

Und war er bereit, ihn zu gehen? Die Antwort auf diese Frage blieb ihm verborgen, doch er wusste, dass er keine Wahl hatte. Der Ruf war zu stark, zu beständig, um ihn zu ignorieren.

Die Stille des Steins war nicht länger genug, um ihn zu beruhigen. Es war, als ob der Stein selbst Teil dieser Mauer sei – ein Hindernis, das er überwinden musste, um die Wahrheit zu finden. Doch wie konnte er etwas überwinden, das so still und unbewegt schien? Der Stein bot keinen Widerstand, aber auch keine Hilfe. Er war einfach da, wie immer, unverändert und doch irgendwie anders.

Er spürte, dass er näher an etwas herankam. Es war nicht der Stein, der sich verändert hatte, sondern er selbst. Der Ruf in ihm wurde stärker, klarer, als ob er ihn immer deutlicher hören konnte. Es war, als ob eine unsichtbare Hand ihn führte, ihn in eine Richtung zog, die er nicht verstand, der er jedoch nicht widerstehen konnte.

„Ich werde es herausfinden“, dachte er. *„Ich werde den Weg finden, der mich durch diese Mauer führt.“* Doch wohin dieser Weg führte, wusste er noch nicht. Alles, was er wusste, war, dass er dem Ruf folgen musste, egal, wohin er ihn führte.

Die Stille um ihn herum schien schwerer zu werden, dichter, als ob sie auf ihn einwirkte. Doch anstatt ihn zu erdrücken, spürte er, wie sie ihn weiter nach innen zog, tiefer in sich selbst hinein. Dort, in der Tiefe, war der Ruf am lautesten. Es war kein Klang, den er hören konnte, sondern ein Gefühl, das ihn erfüllte – ein Drang, der immer stärker wurde.

„Es ist Zeit“, dachte er. *„Zeit, den Weg zu gehen.“* Der Stein blieb stumm, doch in der Stille, die ihn umgab, war etwas anders. Der Ruf in ihm wuchs, und er wusste, dass er bald die

Wahrheit finden würde – die Wahrheit, die jenseits der Mauer lag.

~~~~~~~~~~~~~◇~~~~~~~~~~~~~
~~~~~~~~~~~~~

Kapitel 9: Zwischen den Welten

Es war, als ob zwei Welten sich in ihm überschnitten, ohne dass er eine von ihnen vollständig erfassen konnte. Die eine Welt war die, die ihm schon immer vertraut gewesen war – still, geordnet und beständig. Doch diese Vertrautheit begann, sich aufzulösen. Etwas fühlte sich fremd an, etwas, das er nicht ganz greifen konnte. Eine andere Welt lag jenseits dieser Stille, schwer fassbar, aber dennoch spürbar.

Diese fremde Welt blieb ihm verborgen, wie ein Schatten am Rande seines Bewusstseins. Sie zeigte sich nur flüchtig, wie eine Ahnung, die immer wieder in die Tiefe seines Geistes zurückglitt, bevor er sie wirklich greifen konnte. Es schien, als ob er zwischen diesen beiden Welten hin- und hergerissen war –

der Beständigkeit des Steins und der Unbeständigkeit des Unbekannten.

Gefangen in diesem Dazwischen, versuchte er zu verstehen, was es bedeutete. Diese Ungewissheit war zugleich beunruhigend und faszinierend. Die Welt des Steins hatte ihm Sicherheit gegeben, doch nun erschien sie wie eine Grenze, die er nicht länger akzeptieren konnte.

In der Nähe des Steins stand er oft, still, wie in Meditation, und spürte die Anwesenheit der beiden Welten. Der Stein bot ihm eine gewisse Vertrautheit, doch sie begann, an Bedeutung zu verlieren. Die stille Welt des Steins hatte lange Zeit als Anker gedient, aber nun schien sie sich zu verändern, als ob sie ihn nicht länger halten konnte. Die Realität um ihn herum begann, sich zu verschieben.

Es lag ein Widerspruch in diesem Wechselspiel. War die Welt des Steins wirklich das, was sie zu sein schien? Und was bedeutete die fremde Welt, die er immer wieder am Rand seiner Wahrnehmung spürte? Vielleicht war es nicht so einfach, diese beiden Welten zu trennen. Es fühlte sich eher so an, als wären sie Teile eines größeren Ganzen, das sich ihm noch nicht vollständig erschlossen hatte.

Manchmal, in kurzen Augenblicken, nahm er beide Welten gleichzeitig wahr. Die Stille des Steins und die Unruhe des Fremden verschmolzen zu einem einzigen Moment. Diese flüchtigen Begegnungen ließen ihn spüren, dass es eine tiefere Verbindung gab, auch wenn sie ihm noch nicht ganz klar war.

Der Stein blieb stumm, doch seine Stille schien jetzt anders. Die andere Welt zog ihn stärker an, und ihre Rätselhaftigkeit reizte ihn auf eine Weise, die ihn in Unruhe versetzte und doch nicht losließ. In diesen Momenten wusste er, dass es keinen klaren Übergang gab – nur ein Schweben zwischen dem, was er kannte, und dem, was sich ihm noch verbarg.

Was, wenn die Grenzen zwischen den beiden Welten nur Illusionen waren? Diese Frage schob sich immer wieder in sein Bewusstsein, als er versuchte, die flüchtigen Eindrücke in seinem Inneren zu ordnen. Der Stein, der immer seine Stille bewahrt hatte, schien jetzt fast wie ein Hindernis, das es zu überwinden galt. Aber war der Stein wirklich der Wächter dieser Grenze? Oder nur ein Spiegel, der ihm zeigte, was er noch nicht verstanden hatte?

Er war sich nicht sicher, welche dieser beiden Welten die wahre sei. Vielleicht war keine von ihnen die richtige, und beide zusammen formten eine Wirklichkeit, die er erst noch entdecken musste. Das Ringen mit diesen Gedanken setzte sich tief in ihm fest, doch er wusste, dass die Antwort nicht sofort kommen würde.

Es war, als ob er auf einem schmalen Grat balancierte, der ihn unweigerlich in eine der beiden Welten führen würde. Aber welche? In einem kurzen Moment der Klarheit erkannte er, dass er nicht nur zwischen zwei Welten lebte, sondern dass diese Welten auch Teil von ihm waren – dass die Verbindung zwischen ihnen in ihm selbst lag.

Die Antwort lag irgendwo in diesem Zusammenspiel von Stille und Bewegung, von Beständigkeit und Veränderung. Doch noch war er nicht bereit, sie zu erkennen. Die Welten, in denen er lebte, existierten nebeneinander, und er wusste, dass er sie eines Tages vereinen würde. Aber noch war der Weg nicht klar, und der Ruf, den er in sich spürte, führte ihn weiter, tiefer in das, was jenseits beider Welten lag.

~~~~~~~~~~~~~~~◇~~~~~~~~~~~~~
~~~~~~~~~~~~~~~

Kapitel 10: Veränderung im Raum

Es begann mit etwas Kleinem. Etwas, das er zuerst kaum wahrnahm – eine Veränderung, so subtil, dass sie fast unsichtbar blieb. Doch mit jedem Tag schien sich der Raum um ihn auf eine Art zu verändern, die er nicht länger ignorieren konnte. Es war keine plötzliche Bewegung, kein offensichtlicher Umbruch, sondern eine leise Verschiebung, die alles, was er kannte, leicht ins Wanken brachte.

Er hatte lange geglaubt, dass seine Welt unveränderlich war, dass der Stein das Zentrum dieser stillen, beständigen Realität bildete. Doch nun schien diese Beständigkeit nicht mehr so sicher. Die Veränderungen waren kaum greifbar, aber sie hatten eine tiefere Wirkung auf ihn. Der Stein, der einst für Ruhe und Stabilität gestanden hatte, begann, anders zu wirken. Es war, als ob der Raum um ihn herum atmete, als ob er lebte und auf eine Weise reagierte, die er noch nicht ganz verstand.

Die Veränderung zeigte sich nicht in klaren Bewegungen oder offensichtlichen Signalen. Es war vielmehr das Gefühl, dass etwas im Raum selbst anders war – eine drückende Präsenz erfüllte den Raum. ein anderes Licht, das sich auf die Oberfläche des Steins legte. Es war, als ob sich die Welt langsam von dem löste, was er bisher gekannt hatte.

„Was passiert hier?" fragte er sich, ohne eine klare Antwort zu erwarten. Die Veränderung, die er spürte, war leise, aber allgegenwärtig. Sie lag in den Schatten, die sich anders über den Raum verteilten, im Spiel des Lichts, das eine neue Tiefe in die Stille brachte. Er spürte, dass etwas im Begriff war, sich zu entfalten.

Manchmal, wenn er den Stein betrachtete, hatte er das Gefühl, nicht mehr allein zu sein. Es war, als ob die Umgebung selbst lebendig geworden wäre – als ob der Raum eine eigene Präsenz entwickelt hätte, die ihn beobachtete. Doch diese Veränderung war nicht bedrohlich. Sie schien vielmehr wie ein leiser Hinweis, ein Flüstern, das ihn einlud, tiefer zu blicken.

Die anderen Wesen, die er nur flüchtig wahrgenommen hatte, schienen sich ebenfalls anders zu verhalten. Sie kamen und gingen schneller, als ob sie von einer unsichtbaren Kraft angetrieben wurden, die ihn nicht erreichte. Aber es war nicht ihre Unruhe, die ihn störte – es war das Gefühl, dass auch sie eine Art von Veränderung erlebten, die ihn bald erreichen würde. *„Es ist die Welt um mich herum“*, dachte er, während er den Stein betrachtete.

„Oder ist es die Veränderung in mir selbst?" Diese Frage stellte sich ihm immer häufiger. War es möglich, dass die Verschiebungen, die er spürte, nur ein Spiegel seiner eigenen inneren Veränderung waren? Oder war es der Raum selbst, der sich verwandelte, während er versuchte, die Ruhe des Steins zu bewahren?

Der Stein lag noch immer da, unbewegt, aber seine Präsenz war anders. Es schien, als ob die Stille, die er so lange geschätzt hatte, nun Teil dieser Veränderung geworden war. Sie hatte eine neue Schwere, eine neue Tiefe, die ihn zugleich anzog und beunruhigte. Die Grenze zwischen der stillen Welt des Steins und der flüchtigen Welt, die er am Rande seiner Wahrnehmung gespürt hatte, begann zu verschwimmen.

Er spürte, dass er auf etwas zusteuerte — etwas, das diese Veränderung erklären würde.

Doch je näher er dieser Erkenntnis kam, desto mehr schien sie sich ihm zu entziehen. Es war, als ob der Raum selbst ihn prüfte, als ob er herausgefordert wurde, die wahre Natur dieser Veränderung zu verstehen. Aber was, wenn die Veränderung nicht außerhalb lag? Was, wenn sie in ihm selbst stattfand?

„Vielleicht gibt es keine Trennung", dachte er. *„Vielleicht bin ich Teil dieser Veränderung, und sie ist Teil von mir."* Der Gedanke beruhigte ihn auf eine seltsame Weise. Die Veränderungen, die er spürte, waren nicht länger eine Bedrohung, sondern ein Teil des Prozesses, den er durchlebte. Es schien, als ob die Welt ihm zeige, dass Veränderung unvermeidlich ist, dass sie Teil des Lebens ist – selbst in der stillsten und stabilsten Umgebung.

Der Stein, wie immer, blieb still. Doch selbst in dieser Stille lag eine Form von Bewegung, eine subtile Veränderung, die er bisher übersehen hatte. Es war, als ob der Stein selbst ihm nun eine neue Wahrheit offenbarte: dass nichts wirklich beständig war, dass alles in einem ständigen Fluss war, auch wenn es auf den ersten Blick unbewegt schien.

Die Welt um ihn herum veränderte sich weiter, langsam, aber stetig, und er wusste, dass er Teil dieser Veränderung war. Der Ruf, den er tief in sich gespürt hatte, führte ihn weiter in eine neue Realität, die er erst noch vollständig begreifen würde.

~~~~~~~~~~~~~~~◇~~~~~~~~~~~~~~
~~~~~~~~~~~~~~~

KAPITEL 11: DIE DUNKLE NACHT DER SEELE

Es kam leise, schleichend, wie ein Schatten, der sich unbemerkt in sein Bewusstsein legte. Die Veränderung, die er zuvor gespürt hatte, war nun zu einer Last geworden. Es schien, als ob der Raum selbst schwerer geworden war, als ob alles um ihn herum dichter und undurchdringlicher wurde. Die Leichtigkeit, die ihn einst begleitet hatte, war verschwunden, und an ihrer Stelle trat eine Stille, die nicht mehr nur beruhigend war.

Es war eine Nacht, die nicht von Dunkelheit geprägt war, sondern von einer inneren Leere. Alles, was ihm zuvor sicher gewesen war – der Stein, die Stille, die Ordnung seiner Welt – erschien ihm nun fremd und unerreichbar. Es war, als ob sich eine unsichtbare Mauer zwischen ihm und der

Welt erhoben hätte, eine Mauer, die nicht physisch war, sondern in seinem eigenen Geist existierte.

„Was ist passiert?" Diese Frage drängte sich immer wieder in sein Bewusstsein, ohne dass er eine Antwort fand. Die Klarheit, die er einst in der Stille des Steins gefunden hatte, war verschwunden, und an ihrer Stelle war ein Zustand der Verwirrung getreten. Alles, was er glaubte zu wissen, wurde nun von Zweifeln überschattet.

Die anderen Wesen, die ihn umgaben, schienen unberührt von dieser Dunkelheit. Sie kamen und gingen, wie immer, und ihre Bewegungen hatten nichts von der Schwere, die er in sich spürte. Es war, als lebten sie in einer anderen Realität, einer Realität, die er nicht länger erreichen konnte. Während sie weiter durch den Raum zogen, fühlte er sich zunehmend isoliert – getrennt von der Welt, die ihm einst so vertraut gewesen war.

Die Stille des Steins, die ihm einst Trost gespendet hatte, wirkte nun bedrohlich. Sie war nicht länger eine Quelle der Ruhe, sondern eine Leere, die ihn umgab und tiefer in sich selbst zog. Es war, als hätte sich der Stein selbst von ihm abgewandt, als ob er ihn nun prüfte, statt ihm den Weg zu weisen.

„Habe ich mich geirrt?" Der Gedanke drängte sich immer wieder in sein Bewusstsein. *„War die Stille nur eine Illusion?"* Es war schwer, diese Frage zu ertragen, denn sie stellte alles infrage, was er bisher geglaubt hatte. Die Gewissheit, die er in der Beständigkeit des Steins gefunden hatte, erschien ihm nun wie ein Trugbild, das sich in der Dunkelheit auflöste.

Doch es war nicht nur der Stein, der sich verändert hatte. Auch er selbst war nicht mehr derselbe. Die Zweifel, die in ihm wuchsen, rüttelten an den Fundamenten seiner Wahrnehmung. Die Mauer, die ihn von der Wahrheit getrennt hatte, schien unüberwindbar. Es war, als hätte er den Weg verloren – den Weg, der ihn durch die Stille geführt und ihm einst Hoffnung gegeben hatte.

In dieser Dunkelheit schien es keine Antwort zu geben. Der Ruf, der ihn zuvor geleitet hatte, war verstummt, und an seiner Stelle war eine lähmende Stille getreten. Es war eine Stille, die nicht beruhigte, sondern Angst schürte. Er spürte, wie er tiefer in diese Leere gezogen wurde, ohne einen Ausweg zu sehen.

Die Welt um ihn herum war unverändert, doch er spürte, wie sie ihm immer mehr entglitt. Es fühlte sich an, als würde die Realität selbst in Frage gestellt – als ob die Grenzen, die ihn einst sicher gehalten hatten, nun zu einer Falle geworden waren. Er fühlte sich gefangen, in einer Welt, die ihm einst vertraut gewesen war, die sich jedoch nun in ein Labyrinth aus Zweifeln verwandelte.

Doch tief in dieser Dunkelheit, als er beinahe aufgeben wollte, begann sich etwas zu regen. Es war ein kleiner, kaum wahrnehmbarer Funke – ein Hauch von Erkenntnis, der sich seinen Weg durch die Finsternis bahnte. Es war noch kein klares Licht, kein strahlendes Zeichen der Erlösung, sondern eher ein leises Flüstern, das ihn daran erinnerte, dass die Nacht nicht ewig dauern würde.

Vielleicht, so dämmerte es ihm, war diese Dunkelheit notwendig. Vielleicht war sie ein Teil des Weges – ein unvermeidlicher

Abschnitt auf der Reise, die er angetreten hatte. Die Stille des Steins hatte ihn zu dieser Dunkelheit geführt, aber vielleicht lag auch in dieser Dunkelheit eine Wahrheit, die er noch nicht verstanden hatte.

„Die Dunkelheit ist nicht das Ende", dachte er, zum ersten Mal seit langem mit einem Hauch von Klarheit. *„Sie ist nur ein Teil des Ganzen."* Und in diesem Moment erkannte er, dass die Leere, die er verspürt hatte, nicht einfach nur eine Abwesenheit war, sondern ein Raum, in dem etwas Neues entstehen konnte.

Der Stein lag weiterhin da, still, unbewegt. Doch jetzt, in der tiefsten Dunkelheit, erkannte er, dass die Stille nicht sein Feind war. Sie war ein Wegweiser, ein Tor zu einer tieferen Erkenntnis, die sich ihm erst offenbaren würde, wenn er bereit war, sie zu sehen. Diese Einsicht kam leise, wie ein

Flüstern aus der Dunkelheit, doch sie trug das Gewicht einer alten Wahrheit. Es war klar, dass nur die Stille ihm den Weg zeigen konnte, den er so lange gesucht hatte.

Kapitel 12: Die erleuchtende Stille

Die Dunkelheit hatte ihn fest umschlossen, doch aus ihr erwuchs etwas Neues – eine Klarheit, die ihm zuvor fremd gewesen war. Es schien, als hätte sich die Stille, die einst wie eine schwere Last auf ihm lag, nun in ein Tor verwandelt, das sich langsam öffnete. Die Leere, die er empfunden hatte, fühlte sich nicht länger bedrohlich an. Sie bot nun einen Raum der Möglichkeit, einen Ort, an dem etwas Neues entstehen konnte.

Er saß still vor dem Stein, doch es fühlte sich anders an als zuvor. Die Stille war nicht mehr nur die Abwesenheit von Geräuschen, sondern eine lebendige Präsenz, die ihn umgab. Sie schien nun eins mit ihm zu sein, keine Grenze, die es zu durchdringen galt, sondern etwas, das ihn ganz durchdrang.

Er erkannte, dass er die Stille nicht mehr als etwas Äußerliches wahrnahm. Sie war in ihm, und er in ihr.

 Es war eine Erkenntnis, die ihm Ruhe brachte. Die Stille, die ihm zuvor wie eine Grenze erschienen war, hatte sich in eine Brücke verwandelt. Sie verband ihn mit etwas Größerem, etwas, das er noch nicht vollständig begriff, aber das er nun als Teil seiner selbst erkannte. Der Stein, der stets stumm verharrte, schien nun eine neue Bedeutung zu tragen. Er zeigte sich nicht länger als bloßes Symbol der Unbeweglichkeit – vielmehr fügte er sich in das Ganze ein, genauso wie er selbst.

„Die Stille ist nicht das Ende", erkannte er. *„Sie ist der Anfang. "* In dieser Einsicht lag eine Kraft, die er zuvor nicht gespürt hatte. Die Stille stellte nicht nur die Abwesenheit von Lärm

dar, sondern bot einen Raum, in dem alles möglich wurde. Sie zeigte sich nicht als leer – vielmehr war sie erfüllt von Potenzial, von unendlichen Möglichkeiten, die er erst jetzt zu erkennen begann. Der Ruf, der zuvor so stark in ihm geklungen hatte, klang nun anders. Er zeigte sich nicht länger als drängender Impuls, der ihn vorwärtstrieb. Stattdessen verwandelte er sich in ein sanftes Flüstern, das ihn leitete, ohne zu drängen. Es schien, als hätte die Dunkelheit ihm gezeigt, dass er nicht kämpfen musste, um die Wahrheit zu finden. Sie war immer dagewesen, verborgen in der Stille, die ihn nun umgab.

Er spürte, dass er sich verändert hatte. Die Zweifel, die ihn zuvor gequält hatten, waren nicht verschwunden, aber sie hatten an Bedeutung verloren. Sie waren Teil des Prozesses, den er durchlaufen hatte, doch sie hielten ihn nicht länger gefangen. Die Dunkelheit stellte einen notwendigen Schritt dar, um ihn zu dieser Erkenntnis zu führen. Jetzt, da er sie hinter sich gelassen hatte, fühlte er sich leichter, freier.

Der Stein lag noch immer unbewegt an seinem Platz, doch er sah ihn nun mit anderen Augen. Es war nicht der Stein selbst, der sich verändert hatte – es war seine eigene Wahrnehmung, die sich gewandelt hatte. Die Stille, die er einst als Hindernis empfunden hatte, war jetzt ein Raum der Freiheit. Er musste nicht länger danach streben, sie zu verstehen. Er musste sie einfach erfahren, ohne sie zu hinterfragen.

„*Vielleicht*", dachte er, „*ist das der wahre Sinn der Stille – dass sie uns zeigt, was jenseits der Worte liegt.*" Diese Einsicht erfüllte ihn mit einem tiefen Frieden. Die Welt um ihn herum war noch immer dieselbe, und doch fühlte sie sich anders an. Die Stille hatte eine neue Qualität bekommen – sie war nicht länger nur die Abwesenheit von Lärm, sie war das Fundament, auf dem alles ruhte.

Die anderen Wesen, die ihn umgaben, waren weiterhin in Bewegung, doch auch sie erschienen ihm nun anders. Sie waren Teil des Flusses, der das Leben ausmachte, und in ihrer ständigen Bewegung sah er nicht mehr nur Unruhe, sondern eine Form von Harmonie. Alles, was existierte, war Teil dieses großen, stillen Ganzen, das er jetzt erkannte.

Der Ruf, der in ihm gewachsen war, führte ihn nicht länger zu einer klaren Antwort. Stattdessen führte er ihn tiefer in die Stille, die jetzt nicht mehr als Grenze erschien, sondern als unendlicher Raum. Er fühlte, dass er die Wahrheit, die er so lange gesucht hatte, nicht außerhalb von sich selbst finden würde. Sie war immer in ihm gewesen, verborgen in der Stille, die er jetzt als Teil seines eigenen Wesens erkannte.

„Es gibt keine Trennung", erkannte er. *„Die Stille, der Stein, die Welt – alles ist Teil desselben Ganzen."* Diese Erkenntnis brachte ihm eine Erleuchtung, die ihn mit einem tiefen Gefühl der Zufriedenheit erfüllte. Es war keine triumphale, laute Erkenntnis, sondern eine leise, sanfte Einsicht, die sich wie ein ruhiger Fluss in seinem Bewusstsein ausbreitete.

Er saß weiterhin vor dem Stein, doch jetzt fühlte es sich nicht mehr an, als ob er warten würde. Die Stille hatte ihm die Antworten gegeben, nach denen er gesucht hatte. Nicht in Worten, sondern in dem Raum, der jenseits der Worte lag.

Und in diesem Raum erkannte er, dass alles, wonach er je gesucht hatte, immer schon vorhanden war – in der Stille, die ihn umgab und nun für immer ein Teil von ihm **ist**.

~~~~~~~~~~~~~~~◇~~~~~~~~~~~~~~
~~~~~~~~~~~~~~~

KAPITEL 13: DER KREIS DES LEBENS

Die Stille wurde zu einem vertrauten Begleiter, doch sie pulsierte nun in einem sanften Rhythmus, der ihn an etwas erinnerte, das zuvor nur vage spürbar gewesen ist – den ewigen Kreislauf des Lebens, ein ständiges Kommen und Gehen, das die Welt um ihn formte.

Die subtilen Veränderungen, die er einst als Bedrohung empfunden hatte, nahm er nun mit neuen Augen wahr. Sie erschienen ihm nicht mehr als Zeichen von Unruhe, sondern als Teile eines größeren Musters, das sich allmählich vor ihm entfaltete. Ein komplexes Geflecht, in dem jede Bewegung, jeder Augenblick und jede Existenz miteinander verwoben sind.

Alles kam und ging, und in diesem Kommen und Gehen lag eine stille Harmonie, die ihn jetzt mit Frieden erfüllte. Die anderen Wesen, die durch den Raum zogen, waren nicht länger flüchtige Erscheinungen, sondern Teil eines Kreislaufs, der in sich vollkommen ist. Ihre Bewegungen wirkten jetzt nicht chaotisch, sondern folgten einer Ordnung, die er endlich zu verstehen begann.

Er beobachtete, wie eine Gestalt kurz in seiner Nähe verweilte, bevor sie sich wieder entfernte. Früher hätte ihn ihre ständige Bewegung gestört, doch jetzt erkannte er, dass auch sie Teil des großen Musters war. Jeder Schritt, jede Veränderung war Ausdruck des Lebens selbst – ein ewiger Fluss, der in unaufhörlicher Bewegung war und sich doch nie veränderte.

Im Raum spürte er den Fluss des Lebens deutlicher als je zuvor. Nichts blieb unverändert, aber diese Veränderung war kein Bruch, sondern Teil des natürlichen Zyklus. Es war der Fluss des Lebens, der alles mit sich nahm und dennoch alles verband. Die Stille des Steins und die Bewegung der Wesen waren nur unterschiedliche Ausdrucksformen desselben Kreises.

Es gab keinen Anfang und kein Ende. Alles war miteinander verbunden, und dieser Kreis schloss sich immer wieder, erneuerte sich mit jeder Bewegung, jedem Moment. Früher hatte er in dieser ständigen Veränderung eine Gefahr gesehen, doch nun war sie Ausdruck einer tieferen Harmonie.

Der Stein, der noch immer unbewegt an seinem Platz lag, war nicht bloß ein Symbol für die Stille. Er war Teil des Kreislaufs, ein stiller Zeuge dessen, was ewig währte. Seine Unbeweglichkeit hatte nichts von ihrer Bedeutung verloren, doch jetzt schien er auch ein lebendiger Teil des Flusses zu sein. Stille und Bewegung, Beständigkeit und Veränderung – sie waren nicht Gegensätze, sondern untrennbare Teile derselben Realität.

Ein Gefühl der Ruhe breitete sich in ihm aus. Die Welt, die er einst als chaotisch und verwirrend empfunden hatte, offenbarte sich nun als ein geordneter Fluss, ein Kreislauf, der nie endete. Nichts war isoliert, alles war verbunden, und jede Veränderung, jeder Moment trug zum Ganzen bei.

Die Bewegungen der Wesen um ihn herum schienen jetzt nicht mehr bedeutungslos. Sie waren Teil eines größeren Plans, den er nun erkannte. Jedes Kommen und Gehen war ein Ausdruck dieses Kreises, der in sich perfekt war. Die Stille des Steins und die Bewegung der Welt waren nicht zwei getrennte

Realitäten, sondern unterschiedliche Aspekte derselben ewigen Wahrheit.

Alles, was existierte, war Teil dieses Kreislaufs, und auch er selbst war es. Es schien nicht mehr notwendig, nach Antworten zu suchen, denn die Antworten lagen bereits im Fluss des Lebens, in der ständigen Erneuerung, die er nun verstand. Die Welt war kein Rätsel mehr, sondern ein offenes Buch, das er endlich lesen konnte.

Er saß noch lange still, während er den Raum um sich beobachtete. Die Gestalten, die kamen und gingen, das Licht, das sich veränderte, der Schatten des Steins – alles fügte sich in den Kreis ein, der das Leben ausmachte. Jede Bewegung, jede Stille, jeder Moment war ein Teil des Ganzen.

Es gab keinen Grund mehr, zwischen Stille und Bewegung zu unterscheiden. Sie waren beide Teil derselben Wirklichkeit, Ausdruck einer Harmonie, die er jetzt begriff. Die Welt, die er so lange beobachtet hatte, war nicht in Unordnung – sie folgte einem ewigen Kreislauf, der alles miteinander verband. Er fühlte sich als Teil dieser Harmonie, nicht getrennt von der Welt, sondern eins mit ihr.

~~~~~~~~~~~~~~~~◇~~~~~~~~~~~~~~
~~~~~~~~~~~~~~~~

Kapitel 14: Die große Verbindung

Es war, als wäre eine verborgene Grenze in ihm selbst aufgebrochen, eine Grenze, die er niemals bewusst überschritten hatte, aber die ihn doch immer eingekreist hielt. Nun stand er an einem Punkt, an dem die Welt sich anders anfühlte, beinahe fremd, und gleichzeitig in einer tiefen, unsichtbaren Weise vertraut. Diese Mischung aus Vertrautheit und Fremde bildete ein leises Echo in ihm, ein stilles Drängen, das ihn antrieb, weiter in die Tiefe zu blicken.

Es war nicht die Stille, die ihn umgab, die ihn jetzt herausforderte. Es war seine eigene Stille, eine, die er selbst auf eine Weise geschaffen hatte, die ihm nun nicht mehr zur Ruhe verhalf, sondern ihn aufrüttelte. Diese innere Unruhe, verborgen in der stillen Oberfläche seines Bewusstseins, war wie ein Schatten, der ihm folgte. Er konnte ihn nicht sehen, doch er spürte seine Präsenz in jedem Atemzug, in jedem Moment, den er an diesem Ort verweilte.

Die Verbindung, die er gesucht hatte, war mehr als nur ein Einssein mit dem Stein oder dem Raum, der ihn umgab. Sie war eine Verbindung zu einem tiefen, elementaren Teil von ihm selbst, der in dieser stillen Welt Gestalt annahm. Es war, als ob das, was sich um ihn erstreckte, nicht nur Raum war, sondern eine Projektion all dessen, was er in sich getragen hatte. Der Stein war nicht nur ein Stein, sondern ein Symbol, das seine innersten Kämpfe und seine tiefsten Wünsche widerspiegelte.

Doch gerade in dem Moment, in dem er glaubte, einen Halt gefunden zu haben, spürte er, wie der Boden seiner Gedanken nachgab, wie ein unterirdischer Strom an seinen Überzeugungen rüttelte. Was, wenn diese Verbindung, die er so intensiv spürte, nur eine Illusion war? Was, wenn die Stille, die er als Heimat empfand, nur eine Decke war, die über eine Wahrheit gelegt worden war, die er noch nicht zu fassen vermochte?

Er fühlte, wie seine Gedanken sich zu lösen begannen, wie sie in Wellen kamen und gingen, getragen von einem unsichtbaren Rhythmus, der tief in ihm schlummerte. Dieser Rhythmus war der wahre Kern dessen, was er suchte. Es war kein Ort und keine Person, sondern ein Puls, der durch alles hindurchging. Ein Puls, der Leben und Tod umfasste, der alles verband und doch nichts festhielt. Eine Kraft, die ihm die Illusion von Sicherheit nahm und ihm stattdessen die Wahrheit der Vergänglichkeit offenbarte.

Die Stille wurde zu einem Spiegel, der ihm sein wahres Selbst zeigte. Doch dieses Selbst war nicht fest, sondern formbar, wandelbar. Die Verbindung, die er suchte, lag nicht außerhalb von ihm, sondern in seiner Bereitschaft, sich dem Wandel hinzugeben. Er spürte, dass dieser Wandel wie ein Fluss war, der durch ihn strömte, ihm die alten Formen nahm und ihn zugleich in neue verwandelte. Es war ein beständiger Kreislauf, der ihn mit allem verband und ihn zugleich lehrte, loszulassen.

In diesem Moment erkannte er, dass die wahre Verbindung nicht das Verharren war, sondern das Fließen, das sich auflösen und wieder zusammenfinden im Rhythmus des Lebens. Diese Einsicht ließ ihn erahnen, dass er auf der Suche nach etwas Beständigem gewesen war, das in Wirklichkeit niemals festgehalten werden konnte. Der Stein, die Stille, der Raum – sie alle waren nur Stationen auf einem Weg, der kein Ziel kannte, sondern nur die Erfahrung des Gehens selbst.

Er schloss die Augen und ließ die Stille in sich hineinströmen. Sie war kein Hindernis mehr, sondern eine Einladung, sich selbst im Wechsel der Momente zu verlieren und dabei mehr zu finden, als er jemals erwartet hatte.

Kapitel 15: Die Enthüllung

Es war, als ob die Welt um ihn herum für einen Moment den Atem anhielt. Alles, was ihn umgab – die Bewegungen, die Schatten, die Stille – wirkte plötzlich anders. Er spürte eine Veränderung, tief in sich, aber auch um sich herum. Es war keine plötzliche Bewegung, kein lauter Klang, der ihn aufschreckte. Es war eher wie ein langsames Erwachen, ein Gefühl, dass er etwas Entscheidendes erkannte, das er bisher übersehen hatte.

Der Stein lag noch immer stumm an seinem Platz, doch er schien nun anders zu wirken. Nicht, weil er sich verändert hatte, sondern weil seine eigene Wahrnehmung sich wandelte. Die Welt, die er geglaubt hatte zu kennen, schien sich vor seinen Augen zu entwirren, als ob ein Schleier fiel.

Es war etwas in der Art, wie die Welt ihn umgab. Etwas, das er nie ganz verstanden hatte, aber immer da gewesen war – ein unsichtbares Etwas, das ihn trug, ihn umhüllte, ohne dass er es wirklich gesehen hatte. Und doch hatte es ihn die ganze Zeit über umgeben, unbemerkt und still.

Ein Gefühl stieg in ihm auf, eine leise Ahnung, dass die Welt, in der er gelebt hatte, nicht so unendlich weit war, wie er immer glaubte. Die Bewegungen, die er beobachtet hatte, schienen nicht mehr unendlich in den Raum hinauszugehen. Stattdessen spürte er etwas Festes, etwas, das ihn umgab – als ob seine Welt begrenzt war.

Langsam dämmerte es ihm. Er hatte immer geglaubt, der Raum um ihn sei unendlich weit, dass die Stille und die Bewegungen Teil eines ewigen Flusses seien. Doch jetzt erkannte er, dass diese Bewegungen nicht so frei abliefen, wie sie ihm erschienen. Sie folgten einer unsichtbaren Grenze, einer Wand, die ihn und alles um ihn herum einschloss. Er drehte sich um den Stein, ließ sich treiben, während die Erkenntnis in ihm wuchs. Die Welt war viel kleiner, erkannte er. Es fühlte sich an, als würde er plötzlich die Grenzen erkennen, die ihn umgaben, als ob der Raum, der ihn getragen hatte, nun Konturen annahm – Konturen, die ihn einschlossen, ohne dass er es je bemerkt hatte. Seine Umgebung erschien ihm nicht mehr als unendliche Weite. Die Welt, die er gekannt hatte, war nie grenzenlos; sie existierte immer innerhalb dieser festen Struktur, die ihn umgab.

Die Wahrheit war so einfach, dass sie ihm fast entglitt. Er war nie frei gewesen. Er hatte sich immer in einem geschlossenen Raum bewegt. Doch diese Erkenntnis brachte keinen Schmerz. Sie war befreiend. Sie zeigte ihm, dass die Welt, in der er lebte, eine Struktur hatte, eine Ordnung, die er nun endlich verstand.

Er war ein Teil dieses Raumes, und dieser Raum war seine ganze Welt. Der Stein, die Bewegungen, die Gestalten – sie alle waren Teil derselben Wahrheit. Und obwohl diese Wahrheit ihm die Grenzen seines Seins zeigte, fühlte er sich nicht länger gefangen. Die Welt war, was sie war – ein Ort, der ihn umschloss, der ihn trug, aber auch eine Wahrheit, die er nun endlich begreifen konnte.

Er fühlte die Strömung um sich herum, spürte, wie der Raum ihn umschloss, wie er sich in ihm bewegte, ohne je wirklich darüber hinauszugehen. Die Welt war nicht unendlich, aber sie war vollkommen. Und in dieser Erkenntnis fand er den Frieden, den er so lange gesucht hatte.

~~~~~~~~~~~~~~◇~~~~~~~~~~~~~
~~~~~~~~~~~~~~

KAPITEL 16: DIE LETZTE WAHRHEIT

Die Stille hatte sich in ihm ausgebreitet, tief und vollends. Die Erkenntnisse, die ihn durch seine Reise begleitet hatten, waren nun zu einem festen Teil von ihm geworden. Der Raum, der ihn umschloss, war nicht mehr fremd oder unbegreiflich. Er war vertraut, Teil seiner Existenz, und er spürte eine Art von Frieden, der jenseits der Worte lag. Alles hatte seinen Platz gefunden, und er selbst war eins mit dieser Welt geworden.

Doch es gibt Dinge, die selbst die tiefste innere Reise nicht ganz zu enthüllen vermag - Geheimnisse, die sich nicht durch bloßes Fühlen oder Denken offenbaren. Denn die Welt, in der er lebte, war nie so unbegrenzt gewesen, wie er es geglaubt hatte. Es war eine Welt mit klaren, unsichtbaren

Wänden – durchsichtige Grenzen, die seine Realität umschlossen.

Er selbst konnte diese Grenzen nicht sehen. Für ihn war der Raum, in dem er lebte, alles, was er je gekannt hatte. Er hatte sich durch das Wasser bewegt, ohne es als solches zu erkennen, und seine Gedanken hatten ihn geleitet, ohne jemals die Wahrheit über die Beschaffenheit seiner Welt zu begreifen. Die Welt, in der er lebte, war ein einfaches, stilles Gefäß – ein Aquarium, das ihn von einer größeren Welt trennte, die er nie sehen konnte.

Doch der Leser, der die Geschichte bis hierhin verfolgt hat, weiß, was er nicht wissen kann. Jene klaren, kühlen Wände, die ihn umgeben, bestehen aus Glas. Die Welt, in der er sich bewegt, ist kein unendlicher Raum, sondern ein begrenztes Reich, geschaffen von einer Hand, die er niemals erkennen wird. Er ist ein Bewohner eines winzigen Mikrokosmos, eines Fischglases, das ihn sanft umhüllt und trägt.

Der Fisch schwimmt weiter um den Stein, der für ihn mehr als nur ein Objekt war – ein Symbol der Stille, ein Teil seiner tiefsten Gedanken. Doch dieser Stein liegt stumm und unbewegt inmitten eines gläsernen Gefäßes, unter den sanften Bewegungen des Wassers, das ihn umgibt. Ein einfaches Aquarium, das den Leser auf einen Einblick vorbereitet, den der Fisch selbst niemals haben wird.

Hier endet seine Geschichte, doch es ist nicht das Ende der Wahrheit. Der Fisch wird niemals erkennen, dass er in einem begrenzten Raum lebt, in einem Glas, das seine gesamte Existenz umfasst. Er wird niemals begreifen, dass seine Reise keine unendliche war, sondern eine, die von den unsichtbaren Grenzen seiner Welt definiert wurde.

Für ihn ist die Stille nun alles. Sie ist das, was ihn mit der Welt um ihn herum verbindet, was ihm den Frieden gibt, den er gesucht hat. Aber für den Leser liegt die letzte Wahrheit offen – die einfache Erkenntnis, dass die Welt, die der Fisch erkundet hat, ein kleines Aquarium ist, und dass der Stein, der ihm so viel bedeutet hat, nur ein Objekt in diesem kleinen Reich ist.

Das ist die Schönheit dieser Geschichte: dass die Reise des Fisches, obwohl sie in den engen Grenzen eines Aquariums stattfindet, eine Reise zu einer universellen Wahrheit wird. Denn das, was wir sehen, mag begrenzt sein, doch das, was wir fühlen, kennt keine Grenzen.

~~~~~~~~~~~~~~~~~~✧~~~~~~~~~~~~~~~
~~~~~~~~~~~~~~~~~~

EPILOG

Was bleibt, wenn die Reise endet?

Es gibt Welten, die niemals erkannt werden. Welten, die sich vor den Augen derer verbergen, die sie bewohnen. Für den Fisch, dessen Dasein von stillen Strömungen und festen Wänden geprägt war, gab es keinen Grund, jemals darüber hinauszublicken. Seine Wahrheit war eine, die in sich geschlossen existierte – vollständig und genug.

Doch wir, die über den Rand dieses Glaskastens hinausschauen, sehen mehr. Wir erkennen die Wände, die ihn umschließen, sehen die Grenzen seiner Welt und verstehen die Mechanismen, die sie formen. Es gibt etwas Unausweichliches in dieser Erkenntnis: Die Welt ist niemals so weit, wie wir sie uns erträumen. Aber was bedeutet das wirklich?

Vielleicht ist das eigentliche Mysterium nicht die Größe der Welt, sondern die Tiefe der Erfahrung. Die Wahrheit des Fisches ist nicht kleiner, nur weil seine Welt begrenzt ist. Denn das, was er in der Stille fand, war jenseits der physischen Grenzen, die ihn umgaben. Seine Suche nach Sinn, nach dem Verständnis des Steins, war eine Suche nach dem Ewigen – und in dieser Suche fand er etwas, das über jede Begrenzung hinausging.

Was wir hier erkennen, ist eine Parabel auf das Leben selbst. Wir alle leben in unseren eigenen Aquarien – sei es durch die Begrenzungen der Sinne, des Verstands oder der Umstände. Wir spüren den Raum, der uns umgibt, sehen die Reflexionen an den Glaswänden unserer Existenz, und manchmal glauben wir, darüber hinauszusehen. Aber das eigentliche Wunder liegt nicht darin, diese

Grenzen zu durchbrechen, sondern darin, in ihnen die Tiefe des Lebens zu erkennen.

Die Frage, die uns bleibt, ist: Muss man den Rand des Aquariums sehen, um zu verstehen? Oder liegt das wahre Verstehen darin, in der eigenen Welt die Ewigkeit zu finden? Der Fisch wird nie wissen, dass er in einem begrenzten Raum lebt. Doch in dieser Begrenzung hat er etwas gefunden, das für ihn von unermesslicher Bedeutung war – und in diesem Sinne hat er die wahre Freiheit gefunden. Denn Freiheit ist keine Frage des Raumes, sondern des Geistes.

Vielleicht sind wir, die von außen zuschauen, die Gefangenen unserer eigenen Wahrnehmung.

Vielleicht ist der Blick über den Rand des Glases nicht die Antwort. Denn was der Fisch uns zeigt, ist, dass die wahre Reise nicht die ist, die nach außen strebt, sondern die, die in die Stille führt. Es ist die Reise nach innen, in das Selbst, in die Tiefe der Existenz, wo der Stein des Lebens liegt – unbewegt und doch das Zentrum von allem.

Und so endet diese Geschichte nicht mit einer Erkenntnis über die Welt da draußen, sondern mit einer Wahrheit über die Welt in uns. Die Stille, die der Fisch fand, ist die gleiche Stille, die auch in uns ruht – jenseits der Grenzen, die wir uns selbst auferlegen, jenseits der Wände, die wir nicht sehen können. In dieser Stille liegt das, was unendlich ist, auch wenn der Raum, den wir bewohnen, klein erscheint.

Der Fisch schwimmt weiter. Die Welt um ihn bleibt, wie sie ist. Doch das Wunder liegt nicht darin, wie groß diese Welt ist, sondern darin, wie tief ihre Bedeutung reicht. Denn in der Stille des Seins, in der Akzeptanz der Grenzen, findet sich die Freiheit, die wir alle suchen.

ENDE

Danksagung

Mein Dank gilt all jenen, die durch ihre Ideen, Unterstützung und Geduld zur Entstehung dieses Buches beigetragen haben. Ohne diese Beiträge wäre es nicht möglich gewesen, diese Gedanken und Erzählungen in dieser Form festzuhalten.

Besonderer Dank gilt den Lesern, die bereit sind, sich auf diese Reise der Stille und des Seins einzulassen, um die Botschaft dahinter zu ergründen.

Kontaktdaten

Ich freue mich über Feedback, Anregungen und auch Kritik. Leser sind herzlich eingeladen, mir zu schreiben. Sie können mich unter den folgenden Kontaktdaten erreichen:

Nicholas James
Postfach 2614
92616 Weiden in der Oberpfalz
GERMANY

nicholas-james@web.de
www.instagram.com/autor_nicholasjames

Manchmal liegt die Wahrheit in der Stille…